P.-Simon BALLANCHE

INÈS DE CASTRO

INÈS DE CASTRO

OUVRAGES DE M. G. FRAINNET

Essai sur la philosophie de P.-S. Ballanche, précédé d'une étude biographique, psychologique et littéraire. Paris, Picard, 1 vol. in-8° de 370 pages, portraits et facsimile . . . . **6 fr.**

Biographie de P.-S. Ballanche, suivie d'un aperçu général sur ses écrits. Paris, Picard, 1 vol. in-8° de 156 pages, planches. **3 50**

Vade-Mecum de l'Elève de philosophie. Paris, Lethielleux, 1 vol. in-8° de 44 pages. . . . . **1 fr.**

EN PRÉPARATION

La Ville des Expiations de P.-S. Ballanche.

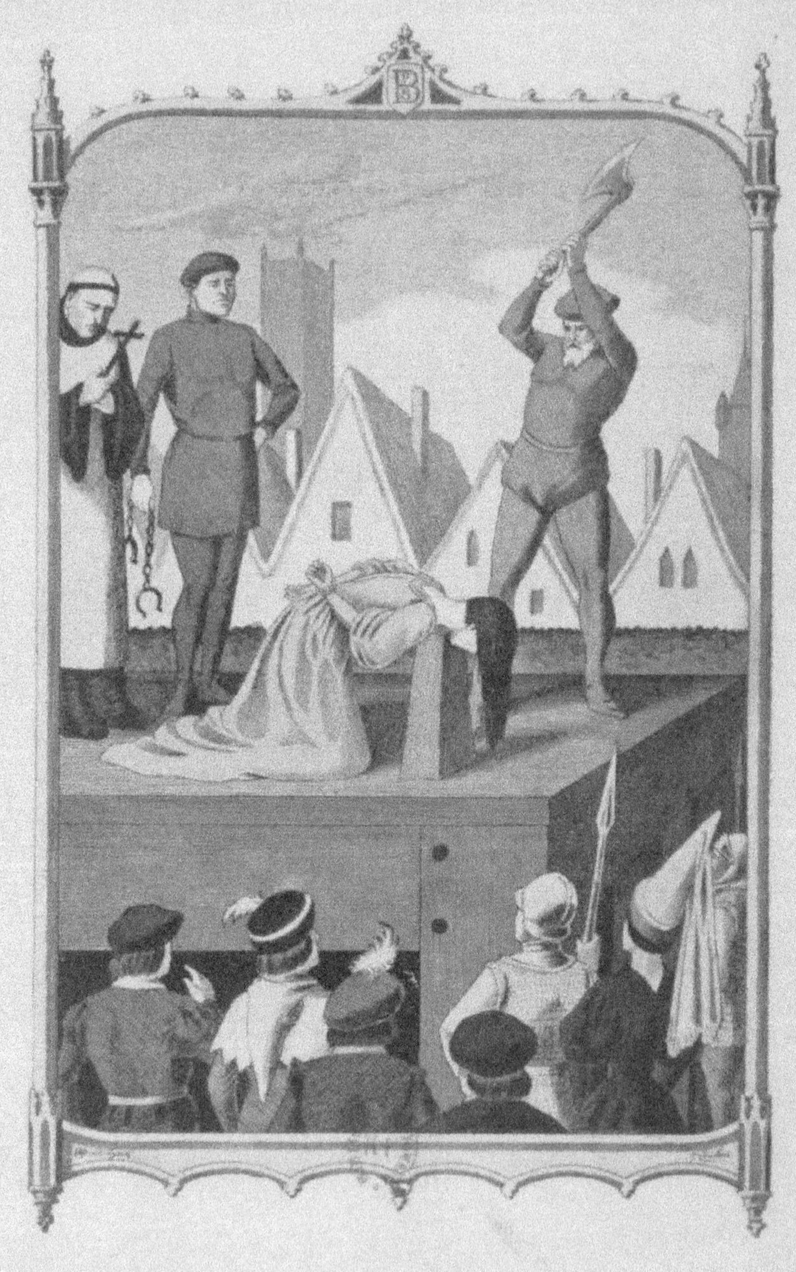

ŒUVRES INÉDITES

DE

P.-S. BALLANCHE

INÈS DE CASTRO

Avec une introduction et des annotations

DE

Gaston FRAINNET

Docteur ès lettres

A. STORCK & Cie, Imprimeurs-Éditeurs, LYON

PARIS, 16, rue de Condé, près l'Odéon

—

1904

INTRODUCTION

INTRODUCTION

J'extrais cette NOUVELLE de la collection des manuscrits de la ville de Lyon (1). Œuvre de jeunesse, Ballanche ne l'a pas publiée, bien qu'il en ait eu maintes fois l'intention (2) ; il la crut enfin égarée (3). J'ai pensé

(1) Ballanche, *Inès de Castro*, Bibliothèque de la ville de Lyon, Collection des manuscrits, carton III, n° 16.

(2) Bibliothèque Nationale, f^{s}. fr. nouv. acq. M^{ss}. 5199, pp. 242, 243, 248, 249, et Mss. 5197, p. 39.

(3) Ballanche, *Œuvres*, édit. in-8°, Paris, Barbezat, 1830, t. I, p. 10.

qu'elle intéresserait au moins le public spécial qui n'ignore pas l'existence de ce Lyonnais éminent. Tout homme rigide et sensé peut lire ce roman historique sans crainte aucune de respirer le moindre souffle méphitique. Les écrits de ce genre ne laissent pas toujours l'âme aussi paisible. N'est-ce point un mérite digne d'être ajouté à tous les autres, que d'intéresser par le sentiment de l'amour sans réveiller les troublantes passions ?

Il n'est pas douteux que Ballanche ait communiqué *Inès de Castro* à l'Académie de Lyon, dont il était membre depuis l'année 1802. La lecture de l'ouvrage eut lieu presque aussitôt après sa composition (1), et les auditeurs émus ne purent, paraît-il, retenir leurs larmes (2). Si vraiment Ballanche a remporté un tel succès auprès de ses collègues, parvenus pour la plupart à quelque célébrité, il ne faudrait point en attribuer exclusivement la cause à l'intéressant récit des malheurs de don Pèdre et d'Inès. Demeuré toute sa vie célibataire, à la suite

---

(1) Au mois de juin ou de juillet 1811, et non pas le mardi 27 août de la même année, comme le dit C. Huit dans *la Vie et les Œuvres de Ballanche*, p. 38. Voir, comme preuve de mon assertion, Bibliothèque Nationale, fs. fr. nouv. acq. Mss. 5196, p. 242.

(2) Ibid., *La Vie et les Œuvres de Ballanche*, par C. Huit.

d'une déconvenue d'amour qui nous valut des *Fragments* pleins de lyrisme, Ballanche était encore, à l'époque, sous le coup d'une très pénible impression. La femme à qui il eût ardemment désiré unir son existence, Mlle d'Avèze, attendait la plus grande partie de sa dot de la générosité d'une tante infatuée d'idées nobiliaires, qui s'opposait au mariage parce que c'était une mésalliance à ses yeux (1). Et ce fut Victor de Bonald, le second fils du célèbre écrivain, qu'elle préféra au jeune imprimeur des Halles de la Grenette. Sans doute,

(1) Collombet, *Historiens du Lyonnais*, t. II, p. 244.

les amis, qui, en l'année 1811, entendirent la lecture d'*Inès de Castro*, au siège de l'Académie de Lyon, reconnurent, dans la voix émue de Ballanche, qu'il chantait ses propres infortunes. L'allusion, au reste, n'est-elle pas remarquablement transparente ? Pour Inès et don Pèdre, comme pour Mlle d'Avèze et Ballanche, ce fut la sotte crainte d'une mésalliance qui les contraignit de s'abîmer dans une immense douleur.

On le voit donc aisément : l'analogie entre ses propres infortunes et celles d'Inès de Castro, tel est le motif qui l'a déterminé dans le choix de sa nouvelle.

Avant Ballanche cependant le sujet avait été traité (1).

A la fin du troisième livre de son épopée des *Lusiades*, Camoëns consacre à cette histoire navrante un épisode charmant, supérieur, à mon humble avis, à celui du géant des tempêtes Adamastor. Pour s'être assurément inspiré du poète portugais, Ballanche s'est gardé toutefois de le suivre en aveugle. Ainsi, chez Camoëns, c'est Alphonse IV qui part combattre les Maures; des conseillers du roi se jettent sur Inès et la percent de leur épée ; les nymphes du Mondégo, en pleurant

(1) Camoens, A. Ferreira, Houdart de la Motte, Guiraud, etc.

l'amante de don Pèdre, donnent naissance à une source appelée *Fontaine d'Inès* ou *Fontaine des larmes*. Rien de tout cela chez Ballanche. Afin de rendre son héros intéressant par le courage, il lui fait écraser les Maures ; les conseillers du roi ne sont plus de vils assassins qui abusent de la faiblesse du monarque, ils jugent Inès, et, après l'avoir déclarée coupable, la livrent au bourreau pour l'immoler. Enfin, Ballanche ne parle point du trop merveilleux événement de la *Fontaine d'Inès*, inacceptable dans un siècle positif qui ne croit plus aux naïades.

Ballanche s'est-il, du moins,

montré plus docile aux données de l'histoire ?

Sans doute, il a reproduit l'étrange couronnement du squelette d'Inès par don Pèdre, héritier de la couronne. Mais il n'a point parlé de ces atroces vengeances rappelées par Camoëns et qui justifient le nom de *Pierre le justicier* ou *le cruel* donné à l'inconsolable prince. De même, il a passé sous silence le mariage antérieur de l'amant d'Inès avec Constance, sa révolte contre son père Alphonse IV et ses fausses promesses de pardon. Certes, personne ne doit lui reprocher d'avoir rendu ainsi son héros plus sympathique, et ces coupures sont d'un procédé habile. Si toutefois Ballanche a donné place, dans sa NOUVELLE, au dénouement étrange qu'il qualifie lui-même de « spectacle sublime et insensé », c'est parce que, sous le coup d'une déception amère, il devait ressentir de l'admiration pour ce témoignage de fidélité. J'ajouterai ce que j'ai dit ailleurs en parlant de Ballanche : « Il lui plaisait, sans doute, à ce moment, de revoir combien en réalité sont peu de chose ce qu'il nomme les *misères humaines*, la beauté, l'amour, la gloire, qui l'avaient déjà tant fait souffrir (1). »

(1) G. Frainnet, *Essai sur la philosophie de*

Je n'insisterai pas sur la tragédie de Houdart de la Motte, intitulée *Inès de Castro*, qui vit en 1723 le jour de la rampe. Bien que l'auteur ait fait parade d'une hautaine fierté, se faisant gloire d'avoir suscité de nombreuses critiques défavorables, d'avoir même été travesti, son travail n'a rien de comparable à l'*Énéide*, ni son détracteur rien du mérite de Scarron. S'il est possible que Ballanche ait lu Houdart de la Motte, assurément il ne lui a demandé aucune inspiration.

Ballanche, précédé d'une *Etude biographique, psychologique et littéraire*, p. 42. Paris, Picard, 1903.

(1) Houdart de la Motte, *Inès de Castro*, Paris, MDCCXXIII. Ce fut Agnès de Chaillot qui parodia cette tragédie.

Bref, pour composer sa NOUVELLE, Ballanche a puisé en éclectique à la fois dans l'Histoire du Portugal et dans les *Lusiades* de Camoëns. S'il a choisi ce sujet, c'est peut-être un peu par sympathie pour Camoëns, malheureux aussi en amour au début de sa jeunesse, mais c'est surtout parce que les aventures d'Inès lui rappelaient ses propres infortunes. On se rendra compte qu'il a essayé de moderniser Inès, comme plus tard Antigone ; car il sentait, aussi vivement que personne, la nécessité de faire des remaniements pour donner satisfaction à un goût littéraire plus raffiné.

Enfin, si je ne me suis pas exclusivement borné à livrer tel quel à l'imprimeur le manuscrit de Ballanche, j'ai considéré comme un devoir de stricte honnêteté de respecter à la fois la pensée de l'écrivain lyonnais et le texte qui l'exprime. C'est donc affirmer au lecteur que je n'ai consenti à faire qu'un petit nombre de retouches absolument nécessaires. Peut-être jugera-t-il comme moi que cette NOUVELLE, trop peu originale pour être un chef-d'œuvre de premier ordre, doit avoir cependant une place honorable parmi les travaux du même genre, et mérite par son intérêt et sa moralité d'être tirée des cartons de la Bibliothèque où elle a sommeillé depuis bientôt cent ans !

Gaston Frainnet

INÈS DE CASTRO

INÈS DE CASTRO

ARGUMENT ANALYTIQUE

Jadis les Nymphes du Mondégo racontèrent au Camoëns l'histoire lamentable d'Inès de Castro ; elle a depuis retenti d'âge en âge. Qu'il me soit permis de la redire encore, car ces récits occupent l'âme, et de rappeler ces souvenirs de l'amour, ces éclats de félicité qui luisent quelquefois sur de nobles vies, ces longues douleurs qui succèdent à de courts instants de bonheur, ces larmes qui sont dans les choses de l'homme !

Que manquait-il à Inès? Belle, il ne lui fallait que rester dans un état obscur. Le simple berger, dans son existence si humble, ne jouit-il pas bien souvent d'une enviable félicité? Mais le fils du roi de Portugal, don Pèdre, s'était épris pour elle d'une violente passion!

La douce Inès donna son cœur au noble héritier de la couronne; elle le lui eût accordé quand même il n'eût été qu'un simple pasteur. Qui dira toute la félicité d'Inès et de don Pèdre, pendant qu'ils purent la cacher? Nymphes du Mondégo, vous seules étiez confidentes!

Alphonse IV apprend que son fils a engagé son cœur; il l'exile de sa présence et s'empare de la douce Inès. Seule sur la terre, Inès n'a pour sa défense que l'attrait de sa beauté. Mais il y a des cœurs qui méconnaissent cet attrait tout-puissant. La douce victime est immolée.

Cependant don Pèdre régna à son tour; il resta fidèle à la mémoire d'Inès.

INÈS DE CASTRO

I

I

DON PÈDRE EST FRAPPÉ DE LA BEAUTÉ D'INÈS DE CASTRO ET S'ÉPREND D'AMOUR.

Le chantre de la *Lusiade* a raconté l'histoire d'Inès de Castro. S'il m'avait été donné de parler le beau langage des Muses (1), je redirais en vers harmo-

(1) Ballanche, cependant, s'était quelquefois exercé à la composition de quelques pièces de poésie, mais il ne paraît pas avoir pu espérer d'atteindre les sommets du Parnasse. Qu'il me soit permis de citer quelques-uns des vers qu'il avait composés à l'âge de vingt-sept ans à

nieux cette lamentable aventure, telle qu'elle a retenti d'âge en âge, telle qu'elle s'est gravée dans ma mémoire ; je vais néanmoins en esquisser quelques

---

l'occasion du mariage de sa sœur, *Aimée Ballanche* :

Si dans la coupe de la vie
J'ai bu quelquefois le bonheur,
Je le dois en grande partie
A celle qui naquit ma sœur.
Elle fut ma première amie ;
Unis par douce sympathie,
Pour nous deux nous n'eûmes qu'un cœur ;
Dans le plaisir et dans la peine
Nous fûmes toujours de moitié ;
Enfants, notre voix incertaine
Savait balbutier à peine
Le nom si doux de l'amitié,
Que déjà par sa tendre chaîne
Notre destin était lié.

Voici, prise encore à tout hasard, une autre strophe composée pour la même circonstance et qui n'est pas plus remarquable par la nouveauté

traits. On me pardonnera donc d'employer le simple discours de la prose au lieu de cette parole mélodieuse et cadencée qui coule si agréablement de la bouche des poètes. Mais qu'on ne me blâme point d'avoir choisi un si triste sujet : ces sortes de peintures ne font point de mal. La pitié est toujours douce, et la terreur même n'est point

---

des idées que par l'agrément de l'expression et la richesse de la rime :

Intéressante et bonne *Aimée*,
Toi chef-d'œuvre de la douceur,
Ton nom nous peint ta destinée,
Ton époux le grave en son cœur.
Épouse, mère, amie ou fille,
Tu recevras toujours ce nom.
C'est d'ailleurs ton nom de famille ;
Tes enfants en hériteront.

(Bibl. Nationale, fs. fr. nouv. acq., Mss. 5194, p. 121 à 129.

dépourvue de charmes quand elle est excitée par des peines qui ne sont plus. L'imagination aime ainsi à tromper son activité ; elle se plaît à détourner notre pensée de nos chagrins pour la reporter sur les malheurs de ceux qui ont vécu avant nous. D'ailleurs, il n'est pas sans utilité de s'arrêter quelquefois à considérer cette terrible et trop inégale répartition de longues douleurs et de courtes félicités, qui a été faite entre les divers héritages que nous avons reçus de nos pères (1). Il est bon de ne pas accorder

---

(1) On voit déjà poindre ici, dans cette œuvre de jeunesse, la grande préoccupation qui désormais ne quittera plus Ballanche, celle d'expliquer les inégalités de l'état social. Elle fera l'objet de sa philosophie de l'expiation. Il est bien permis de croire qu'après la tempête, que fit surgir en son âme l'anéantissement de ses

toutes nos larmes à nos propres infortunes, et d'en réserver pour ces choses qui, parce qu'elles tiennent si intimement à la condition humaine, s'emparent aussitôt de notre cœur tout entier, pour ces choses qui semblent contenir elles-mêmes des larmes (1), tant elles sont promptes à en faire répandre.

Qui ne sait combien Inès fut belle ? Aussi n'essaierai-je point de peindre cette fleur de jeunesse et d'innocence dont elle brillait à son insu. Je ne dirai

espérances de bonheur, Ballanche s'occupa tout de suite à chercher pourquoi l'homme n'est pas complètement heureux.

(1) Ballanche s'inspire très visiblement du vers de Virgile ; *Sunt lacrymæ rerum*... Ce vers l'a donc frappé, puisqu'il le choisira encore, quelques années plus tard, pour servir d'épigraphe à son *Antigone*.

pas la grâce de ses mouvements, la magie de sa voix, la touchante harmonie de sa figure. Je ne parlerai point de son regard, où étaient toutes les rêveries de ce premier âge qui sourit aux présages de l'avenir. Mais on ne tardait pas à découvrir un peu de ce doute mélancolique, qui fait que l'on se confie moins aux promesses de l'espérance, alors qu'aucune expérience positive n'ayant détrompé le cœur, un secret pressentiment avertit que le bonheur n'habite pas sur la terre (1). Inès était une de

(1) Comparer cette pensée et la suivante avec les *Fragments* écrits sous la même inspiration. On y trouve ceci par exemple : « Le bonheur est une plante étrangère qui ne croît que dans les champs du ciel. » Voilà donc l'idée d'épreuve et d'expiation qui s'affermit dans l'esprit de Ballanche sous l'influence de ses propres déceptions.

ces créatures venues du ciel, que Dieu mêle quelquefois au milieu des enfants des hommes pour leur faire aimer la vertu et concevoir une idée approchée des êtres qui habitent un monde meilleur. Il y avait je ne sais quoi en elle d'idéal et d'aérien, qui faisait qu'en la voyant errer au lever de l'aurore, sur les rives fleuries du Mondégo, on aurait pu la prendre pour un de ces divins messagers qui viennent apporter de douces pensées au juste, des consolations au malheureux et des songes aimables à l'innocence. Il semblait toujours que l'hôte passager allait prendre son vol vers les régions d'en haut.

Quand on a représenté la beauté sous l'emblème d'une rose, on n'a songé qu'au côté gracieux de l'image : on n'a pas assez senti combien elle est rigoureusement exacte. En effet, si la vie tout entière de l'homme a pu être comparée à une ombre qui passe, à un souffle qui s'éteint, que dire de la beauté, qui n'est qu'une circonstance passagère, comparée même à la courte durée de la vie ! Pendant quelques années seulement, elle attire les hommages empressés des jeunes gens et l'admiration des vieillards. Encore, ces années ne sont point égales entre elles : une seule a perfectionné ce fragile chef-d'œuvre qui ne peut plus que perdre de son fugitif éclat. Eh bien, dans cette année unique, il y a un jour unique aussi, peut-être même un seul instant où la merveille de cette beauté a atteint toute sa perfection

Si dans ce jour, remarquable entre tous les jours, si dans cet instant, qui ne ressemble à aucun autre, la jeune fille a quelque chagrin qui vienne obscurcir son front, ou si elle reste cachée au fond de sa demeure, on ignorera à jamais la puissance de ce moment rapide qui n'a été qu'un éclair.

Ce jour si distinct s'est levé pour Inès; cet instant singulier a lui pour elle; aucun chagrin ne trouble la sérénité de son âme; et elle ne reste point cachée dans sa demeure. Elle paraît avec sa mère à la cour d'Alphonse, roi de Portugal. Tous les yeux se sont aussi tournés sur elle; tous ont admiré la vierge de Mondégo; d'abord, on s'est interrogé pour savoir quel est cet objet ravissant; ensuite, on a entouré sa mère pour la féliciter d'avoir donné le jour à la plus belle de toutes les filles de la Lusitanie. L'orgueil maternel s'abreuvait avec délices de ces louanges unanimes, tant il est vrai que souvent nous puisons notre joie dans la source même qui doit produire tous nos malheurs. Parmi ces princes et ces seigneurs qui ont considéré Inès, un seul l'a vue, car un seul a compris ce qu'il y a en elle ; le pouvoir de sympathie n'a été donné qu'à lui seul. Ce mortel privilégié est don Pèdre, fils du roi, don Pèdre, aussi distingué par ses qualités aimables, par l'élévation de son caractère, par la noblesse de ses affections que par sa haute naissance. Inès, issue d'une famille illustre de Portugal, n'était pas née sur les marches du trône. Des convenances politiques, qui sont pour les chefs des nations ce que sont pour des citoyens obscurs des convenances sociales, (1) avaient disposé du sort de l'héritier de la couronne ; il devait épouser la fille du roi de Castille. Tel avait été le résultat de longues conférences et de négociations actives. Mais les souverains dépendent aussi bien que les autres hommes de circonstances imprévues et d'événements qu'ils ne peuvent maîtriser : ainsi l'arrivée d'une jeune fille a tout à coup renversé les projets de deux grandes puissances ; ainsi le simple attrait qui environne la beauté a décon-

---

(1) Allusion transparente, et qui nous montre jusqu'à l'évidence, que Ballanche a bien établi une comparaison entre les infortunes des deux amants et les siennes.

certé les conseils de la prudence et de la politique. Un regard a suffi pour opérer tous ces changements : ce regard a tout exprimé ; il contient toute la destinée d'Inès et de don Pèdre. Déjà, en effet, dans ce premier regard du trop aimable, prince était le serment d'être à elle ; déjà, par la charmante rougeur qui a coloré son visage, la vierge timide a montré qu'elle a compris le dangereux serment, et ses yeux, doucement baissés, ont assez annoncé que son cœur a laissé échapper à son tour le serment de n'aimer que don Pèdre.

L'étiquette des cours fut le premier obstacle dont les deux amants commencèrent à s'apercevoir, parce que celui-là seul gênait la liberté de leurs entretiens ; et c'est dans les entretiens que se trouve la suprême félicité (1). Il y a dans le sentiment de l'amour, lorsqu'il ne fait que de naître, une sorte de sécurité et d'imprévoyance qui rassure sur les événements un peu éloignés. Toutes les difficultés, comme une ombre légère, s'évanouissent devant l'imagination fortement préoccupée. On se trouve dans un tel état d'enivrement et d'exaltation, que l'on est disposé à croire que tout sur la terre doit concourir au succès de nos vœux. Nous ne connaissons que nos désirs ; les hommes et les choses sont faits pour y céder. Nous

---

(1) Pensée sincère, qui nous peint l'élévation des sentiments chez Ballanche, et que justifieront plus tard ses longues années vécues à l'Abbaye aux Bois, dans le charmant commerce de Chateaubriand, de Mme Récamier, etc.

passons bien vite sous l'empire d'une sorte de superstition qui fait que nous nous confions à je ne sais quelle puissance protectrice et mystérieuse, confidente de nos douces peines. Nous serions prêts à compter sur un prodige, si nous jugions qu'un prodige fût nécessaire.

II

II

MARIAGE SECRET DE DON PÈDRE ET D'INÈS

Inès et don Pèdre ne restèrent pas longtemps dans cette heureuse ignorance du cours ordinaire de la vie; bientôt ils vinrent à comprendre que l'avenir recèle bien des secrets. Ils regrettèrent alors de n'avoir pas vu le jour sous un chaume obscur : leur amour leur aurait suffi ; il aurait embelli la solitude la plus sauvage. Oh! combien de fois ils avaient envié le sort de ces simples bergers qui peuvent cacher aux hommes leur vie et leur bonheur! « Mais non, disait ensuite Inès, don Pèdre n'est point fait pour les rangs inférieurs de la société. Ce n'est pas en vain qu'une grande âme est venue habiter en vous, noble prince, vous êtes né pour commander (1). » « Je sais, répondait don Pèdre, je sais

---

(1) On peut voir ici, en germe, l'une des idées fondamentales de la *Palingénésie sociale*. Pour expliquer, en effet, les choquantes inégalités de l'état social, soit dans les temps présents, soit à travers l'histoire, telle l'inégalité entre le patriciat et le plébéianisme, Ballanche imaginera des vies antérieures, dans lesquelles nous aurions plus ou moins mérité ou démérité. Ainsi serait rendu intelligible notre état actuel. Ballanche affirme ici, ouvertement, que don Pèdre a une grande âme, faite pour commander.

que par ma naissance je suis appelé à gouverner les peuples, mais je sais aussi tout ce que le pouvoir suprême entraîne avec lui de sollicitudes et d'ennuis. Vous seule, chère Inès, vous seule pouvez m'aider à porter le poids de la couronne. » La jeune fille n'avait pour se défendre que ses pudiques larmes, et le prince jurait de nouveau qu'il n'aurait point d'autre épouse.

Dès lors, un mariage secret fut résolu. « Fier de t'appartenir, disait don Pèdre, je voudrais, ô ma bien aimée, te présenter à la Lusitanie dont tu es le plus bel ornement ; je voudrais pouvoir me parer, à la face de l'univers, du titre de ton époux ; mais Dieu ne veut pas encore mettre le comble à mon bonheur. Les raisons qui me condamnent au silence cesseront, et mon amour demeurera. Charmante Inès, le temps amène bien des changements, confions-nous à l'avenir. Un jour mon père saura que tu m'es plus chère que la vie, et il se laissera fléchir. »

Inès n'avait rien à répondre ; elle n'était pas assez forte pour lutter à la fois contre don Pèdre et contre elle-même. Sa mère, qu'un devoir austère éclairait sur les suites de cet hyménée, et à qui les tristes pressentiments et la connaissance des cours annonçaient de funestes événements, ne pouvait se laisser aussi facilement séduire. Mais en vain voulut-elle opposer quelque résistance ; elle fut vaincue par l'éloquence toute-puissante de l'amour, et peut-être aussi par je ne sais quel désir d'ambition, qui, sans doute à son insu, venait dans son cœur se mêler à la tendresse maternelle. Quant à Inès, livrée tout entière au sentiment intime du bonheur, elle était bien loin de songer ni aux grandeurs ni aux vicissitudes humaines. Toutes ses pensées étaient concentrées dans une seule pensée ; toute son existence consistait dans la certitude d'aimer et d'être aimée. Le temps était devenu pour ainsi dire immobile, car il n'y avait plus pour elle ni passé ni avenir ; il semblait que le présent avait duré toujours et ne finirait jamais, parce qu'aucune idée ne succédait à une autre idée. Ce qu'elle éprouvait était tellement lié à toutes ses facultés qu'elle ne pouvait l'en détacher ni concevoir une autre manière d'être.

Au jour fixé pour la célébration du mariage, don Pèdre s'échappa de la cour et partit secrètement pour se rendre sur les bords du Mondégo, dans un château où Inès l'avait précédé. Jamais la nature n'avait été plus belle ; jamais le ciel n'avait été plus serein. En attendant son bien-aimé, Inès se berçait dans les souvenirs de son enfance, que tout rappelait autour d'elle ; elle s'enivrait des parfums de l'air, elle rêvait à ce jour où ses yeux avaient rencontré pour la première fois ceux de don Pèdre, et elle cherchait à saisir par la pensée le charme de cet instant qui avait fait le destin de sa vie. Elle ne savait alors si elle n'était point en proie aux erreurs d'un songe, car sa veille semblait être une suite des rêves de la nuit. Lorsque, au lever de l'aurore, les premiers rayons du jour étaient venus se jouer dans les rideaux de sa couche virginale et flotter légèrement sur sa paupière encore assoupie, elle avait cru entendre une voix, faible comme le zéphir qui caresse une fleur, harmonieuse comme les derniers sons d'une harpe, et cette voix disait : « Éveille-toi, éveille-toi, ô la plus heureuse créature de la terre ; ton amant qui a devancé le soleil est en route pour te rejoindre. Éveille-toi. » Ainsi, toutes les féeries de l'imagination, qui s'étaient emparées d'elle pendant qu'elle dormait, avaient continué de la fêter à son réveil. Il lui était donc bien permis de douter de la réalité de tant de choses merveilleuses ; d'ailleurs, c'est tout à fait le propre de notre faiblesse de ne pouvoir pas toujours distinguer l'erreur de la vérité.

Cependant, don Pèdre arrive. Pour la première fois, il est libre : pour la première fois, il s'expliquera sans contrainte. Il vient fixer, par un engagement solennel, ce qu'il pourrait y avoir d'incertain dans une affection si vive et si profonde : car l'homme a besoin d'une garantie contre lui-même pour s'assurer la durée de ses propres sentiments.

Enfin, il vient sceller son amour au sceau sacré de la religion. Qui pourrait dire, à présent, tout ce que cette entrevue eut de délicieux ? Qui pourrait dire les paroles de don Pèdre aux genoux d'Inès, et celles d'Inès voulant en vain relever don Pèdre ? Qui pourrait dire ensuite le ravissement où ils étaient plongés l'un et l'autre, lorsque, dans la chapelle du château, à genoux devant l'autel, le voile nuptial fut étendu sur leurs têtes, et que, s'abreuvant mutuellement de leurs regards, ils prononcèrent le oui solennel en présence de Dieu? Qui pourrait dire les entretiens qui succédèrent à cette touchante cérémonie, les apprêts de cette noce simple et solitaire, leur enchantement pendant les jours qui suivirent?

Flots du Mondégo, vous vous réjouissiez en baignant les murs du château habité par l'heureux couple, et vous receviez avec plaisir les eaux pures et limpides de la fontaine, qui alors s'appelait la *Fontaine d'Inès*, et qui, depuis, a pris le nom de *Fontaine des larmes* ! (1).

---

(1) Prosopopée qui nous fait involontairement penser à *René* et à *Atala* de Chateaubriand, chez qui l'on rencontre de nombreuses et gracieuses tournures de ce genre. Il est intéressant de voir Ballanche s'efforçant, avec succès d'ailleurs, d'imiter les premiers ouvrages de son illustre ami.

III

III

ALPHONSE IV PROPOSE EN MARIAGE A DON PÈDRE L'INFANTE CLÉMENCE DE CASTILLE. — ANGOISSES DE DON PÈDRE. — LES MAURES AYANT ENVAHI LE ROYAUME, IL VA COMBATTRE CONTRE EUX.

Mais, hélas! les plus heureux instants ne sont toujours que des instants; don Pèdre est obligé de quitter son épouse pour retourner à la cour : les ordres du roi lui sont signifiés de nouveau : il faut qu'il se décide à épouser l'infante Clémence de Castille. Ce n'est plus un père qui conjure son fils d'écouter ses avis : c'est un roi justement irrité, qui veut mettre fin à des délais qui compromettent la sûreté de l'Etat. Deux peuples attendent cette illustre alliance, qui doit resserrer entre eux les nœuds de l'amitié. Les Portugais surtout s'étonnent et s'inquiètent de ce que le fils de leur maître ne songe point à donner des héritiers à la couronne. Déjà les grands ont témoigné hautement leur mécontentement ; déjà des germes de sédition fermentent dans la multitude. Don Pèdre, dans le trouble mortel qui l'agite, ne sait quel parti prendre. Il est sur le point de déclarer à son père qu'il a une épouse, mais il ne nommera point l'objet de son amour, parce qu'il veut soutenir seul l'effort de la tempête qui commence à gronder. Cependant, il hésite à se jeter aux pieds de son père pour lui faire cet aveu ; il craint de ne faire que hâter les malheurs qu'il redoute. L'infortuné se borne à demander qu'il lui soit permis d'attendre encore quelques jours avant de se décider. Alphonse consent à accorder trois jours à son fils. Oh ! dans quelles angoisses ils furent passés ! Qu'ils furent longs ! Et cependant comme ils furent vite écoulés ! Les souffrances de don Pèdre étaient inexprimables, et Inès les ignorait ! Enfin le soleil a disparu pour la troisième fois de l'horizon, et le malheureux prince, seul dans son appartement, attendait un message de son père, comme un criminel qui attend la mort. Il est décidé : « J'ai une épouse, dira-t-il, j'ai une épouse que le ciel m'a donnée ; je ne puis être à l'infante de Castille. » Telles étaient les agitations de don Pèdre lorsqu'on reçut la nouvelle d'une invasion terrible des Maures. Les troupes portugaises ont plié ; l'étendard de Mahomet est victorieux. Tout est dans la consternation dans le palais du roi. La cour ne songe plus qu'au danger ; elle a tout à fait oublié les projets de mariage ; et, dans cette publique calamité, don Pèdre éprouve du moins le soulagement de sentir que, pour quelque temps encore, son amour sera moins troublé. Mais, bientôt ses pensées se tournent du côté de la gloire ; un noble courage enflamme son cœur ; une nouvelle espérance luit aussi à ses yeûx, car, dans l'âme du chevalier, l'amour et l'honneur se confondent pour ne former qu'un même sentiment. « Sauvons la patrie, se dit-il en lui-même, défendons le trône de mon père, ensuite il ne pourra me refuser la main d'Inès. » Il se présente alors devant Alphonse, et lui demande la permission de donner l'exemple et de marcher contre les ennemis de l'État et de la foi. Alphonse y consent, et donne à son fils le commandement des armées portugaises. Ce poste éminent était l'objet de l'ambition de quelques grands, qui s'indignaient en silence d'être obligés de servir sous leur jeune maître.

Bien loin de soupçonner tous ces troubles, Inès n'est occupée que des pensées les plus remplies de charme. Les heures, il est vrai, se succèdent lentement pour elle, mais elle ne se plaint point de la lenteur du temps, parce qu'aucune inquiétude ne vient la troubler. L'absence de don Pèdre n'est que momentanée, et elle se trouve trop heureuse de racheter, par une peine mêlée de tant de douceur, ce qu'il y a d'immense et, en quelque sorte, au-dessus de ses forces, dans l'idée ravissante d'appartenir au prince le plus accompli de la terre. Chacune de ces longues journées semble un siècle, mais un siècle de paix et de tranquillité, où elle se repose tout à fait dans la certitude du bonheur. Elle se croit enfin délassée, même de la fatigue de l'espérance.

Quel que fût son secret désir de retourner à la Cour, puisque c'était là seulement qu'elle pouvait apercevoir son époux, néanmoins elle redoutait de se trouver au milieu de cette foule curieuse et maligne, dont les regards perçants interrogent les replis les plus cachés du cœur. Elle craignait qu'on lût dans ses yeux l'excès de sa félicité. Elle se détermine enfin à partir et arrive au milieu de tous les bruits de guerre, au milieu de tous les préparatifs de départ. Elle apprend que don Pèdre se dispose à marcher contre les Maures. Ce fut alors qu'elle sentit douloureusement les premières peines de l'amour ; mais, qui l'eût cru ! un grand courage s'empare bientôt de cette faible créature. La timide colombe ne fuit pas devant l'orage ; Inès se complaît dans les récits de guerre, dans les entretiens des anciens preux, racontant leurs brillants faits d'armes à une jeunesse impatiente de les imiter. Ce mépris du danger, cette soif de l'honneur qui font les héros ne sont pas inconnus à la fille des héros. Elle croit voir l'image de la gloire, tressant des couronnes de lauriers pour son époux ; elle croit entendre toutes les voix de la renommée, racontant à l'univers les exploits de celui qu'elle aime. Fortes et nobles illusions des grandes âmes, vous ne suffisiez pas sans doute pour effacer le doux prestige de l'amour ; mais, du moins, vous donniez une direction nouvelle à cette imagination qui avait tant besoin d'être trompée, à ce cœur qui évitait de rentrer au dedans de lui-même! (1). D'ailleurs, les sentiments et les affections des deux époux sont déjà devenus communs entre eux ; et si don Pèdre a senti quelque atteinte des premières terreurs de sa jeune compagne, Inès n'aurait-elle point, au contraire, puisé dans l'amour du prince ce courage au-dessus de son sexe, ce courage du chevalier rêvant les alarmes de la guerre?

Lorsque les deux époux purent enfin se parler, don Pèdre entretint Inès de ses peines et de ses espérances ; il lui raconta combien son père était inflexible et combien cette guerre terrible était un événement heureux pour leur amour.

---

(1) Comparer avec la phrase suivante de Chateaubriand : « *Illusions de l'enfance et de la patrie, ne perdez-vous jamais vos douceurs !*

« J'acquerrai de la gloire, disait-il, j'affermirai la couronne du roi, et, sans doute, alors, il ne voudra pas donner la mort à son fils victorieux. Inès, vous serez le prix le plus doux de mon triomphe ! » En disant ces mots, son cœur était inondé de joie, mais celui d'Inès était inondé d'amertume, car elle pensait alors aux dangers qu'allait courir le héros.

Quatre années s'étaient écoulées sans que le ciel eût couronné d'un succès décisif les armes de don Pèdre. Ce prince avait fait des prodiges de valeur. Mille fois il avait exterminé les Musulmans, et autant de fois des légions nouvelles s'étaient formées autour de l'étendard du prophète. Cependant, quelquefois les horreurs de la guerre étaient suspendues, et ces instants de repos n'étaient pas perdus pour les nobles amusements destinés à présenter l'image de la guerre au milieu de la paix, pour des tournois où les chevaliers des deux armées n'acquéraient pas moins de gloire que dans les combats. Don Pèdre consacrait à son épouse les instants précieux qu'il lui était permis de dérober au devoir. Il était toujours présent au moment du danger, mais, sitôt qu'il pouvait s'éloigner sans compromettre le salut de son armée, il volait dans la retraite où son épouse était seule avec deux enfants, fruits d'un amour si troublé.

Inès passait ses journées avec eux ; tantôt elle s'occupait à suivre le développement de leur intelligence naissante ;

tantôt elle cherchait sur leurs charmantes petites figures les traces du héros adoré: « Voilà, disait-elle, son charmant sourire, voilà son air doux et fier; on devine les nobles passions dont ils doivent hériter; c'est tout lui. »

IV

IV

ALPHONSE IV APPREND LE SECRET DE DON PÈDRE. — JUGEMENT ET SUPPLICE D'INÈS.

Pendant que l'infortunée trompait ainsi les ennuis de l'absence, l'orage qui gronde dans les cours s'élève terrible autour d'elle. Les secrets de l'amour sont trahis, et le roi, connaissant alors la raison des délais de don Pèdre, a rassemblé un conseil qui condamne Inès à mort. Les ministres de la vengeance arrivent, et enlèvent cette malheureuse mère à ses enfants. Elle est traînée devant Alphonse. « Inès, lui dit-il, je me souviens des services de vos aïeux ; je veux vous sauver. Vous avez eu l'imprudence de céder à l'amour de mon fils, et mon fils a désobéi à mes ordres : renoncez à lui. — Sire, répond Inès d'une voix tremblante, un lien indissoluble et légitime m'unit au prince ; il ne m'est pas plus possible de renoncer au titre d'épouse qu'à celui de mère. » Alphonse ignorait encore que son fils se fût à ce point soustrait à l'autorité d'un père et d'un roi. Sa colère alors ne connaît plus de bornes ; toute pitié est étouffée dans son cœur. « L'arrêt sera exécuté, Inès, s'écrie-t-il, vous mourrez. — Ma vie est entre vos mains, répond l'infortunée, mais songez que don Pèdre répand son sang pour vous. — C'est son héritage qu'il défend, reprend Alphonse. — N'y a-t-il plus de grâce à espérer, dit Inès en se jetant aux pieds du roi et en les arrosant de ses larmes. Mes enfants, et les enfants de votre fils mourront-ils avec leur mère ? » Le roi, détournant la tête, repousse la malheureuse Inès et la laisse anéantie dans la douleur.

Inès épouvantée ne savait ni à quelle espérance elle devait croire, ni à quelles pensées elle devait se livrer. « Je vais mourir, disait-elle ; mais qu'est-ce que mourir ? Qu'est-ce que vivre ? Oh ! je savais bien que le bonheur n'habite pas sur la terre ; il faut que j'expie celui que j'ai goûté. Qu'avais-je fait pour mériter d'être seule heureuse parmi tant de créatures destinées à l'infortune (1)? Juste ciel, disait-elle, je vous recommande mes enfants pour qu'ils ne jouissent pas de tant de bonheur au prix d'une si grande infortune. Mourir, disait-elle ensuite, mourir sur un échafaud ! J'ai bien vu déjà de nobles créatures moissonnées à la fleur de l'âge par l'impitoyable mort ; mais je n'en ai point vu mourir par la main du bourreau. Le noble sang de mes ancêtres ne sera-t-il

---

(1) Autre exemple de l'état d'esprit de Ballanche au point de vue de sa conception de la vie. Les idées d'épreuve et d'expiation, qui jouent un si grand rôle dans la philosophie de l'auteur de la *Palingénésie sociale*, se montrent encore ici avec la plus grande clarté. Ce n'est pas du pessimisme qu'il professe ; c'est au fond l'idée de la chute originelle qui a profondément frappé Ballanche et lui a paru fournir une excellente solution.

point souillé? Il me semble qu'une femme innocente devrait être une chose sacrée sur la terre. » Toutes ces pensées étaient confuses, vagues, incohérentes, comme ces nuages qui s'amoncellent à l'horizon. Elle croyait quelquefois être la proie d'un songe; et alors, elle comparait ce songe terrible avec les songes riants qu'elle faisait naguère. « Oh! quand m'éveillerai-je? disait-elle alors »; et elle se touchait avec effroi, et elle regardait autour d'elle. « Je suis bien éveillée, disait-elle, et pourquoi mes enfants ne sont-ils pas auprès de moi? Je vais mourir, ajoutait-elle, ma bouche ne formera plus de sons; mon cœur ne saura plus aimer. Oh! si, encore, car on ne cesse point d'aimer au-delà de la vie. »

Ce bruit de mort circule parmi les

courtisans. Une morne stupeur s'empare des uns, pendant qu'une joie secrète s'introduit lâchement dans le cœur des autres. Tous disaient : « L'arrêt est sévère, sans doute, mais il est juste. » Les angoisses d'Inès ne seront pas longues, déjà l'échafaud est dressé au milieu de la place publique. Elle arrive entourée de gardes. Ses mains sont chargées de chaînes ; sa tête est couverte d'un long voile qui cache ses larmes à la multitude. Seulement, on entend ses sanglots qu'elle essaie en vain d'étouffer, car elle ne voudrait pas mourir encore. Hélas ! jusqu'à présent elle n'a connu de la vie que ses illusions, et ses illusions les plus charmantes. Si jeune et si pleine d'avenir, comment quitterait-elle sans regrets cette douce clarté du soleil, dont à peine elle a joui, et qui va s'éteindre à jamais pour elle ! Son époux, ses enfants lui promettaient de si beaux jours sur la terre ! Le calme de l'innocence, les soins puissants de la religion ne peuvent la défendre contre les terreurs de cette dernière heure qui a sonné pour elle. Deux femmes l'aident à monter sur l'échafaud. Elle frissonne en voyant le bourreau armé de sa hache ; elle détourne les yeux dans une anxiété qu'aucune langue ne pourrait exprimer. Tous ses souvenirs et toutes ses espérances se déroulent à la fois, au même instant dans sa pensée. Elle sent alors naître au fond de ses entrailles et envahir toutes ses facultés ce trouble intime, cette sorte d'agonie que produit le sentiment de la destruction lorsque la mort se présente avec son appareil terrible, au milieu de toute la plénitude de l'existence, pour ainsi dire parmi toutes les joies de la vie.

Le peuple qui remplissait la place s'étonnait et ne pouvait comprendre le crime de cette femme d'une attitude si touchante et si belle. Mais, au moment où l'exécuteur impassible de la vengeance s'approcha pour la dépouiller du voile qui cachait sa figure céleste, au moment où l'épouse de don Pèdre, pour éviter ce dernier outrage, quitta elle-même ce voile qui la cachait à peine aux yeux des hommes, au moment où l'on put voir enfin ce visage ravissant, orné de toutes les grâces de la beauté et de tous les charmes de l'innocence, ce visage à qui le sentiment de la pudeur blessée d'attirer tant de regards avait redonné un instant ses couleurs, alors, il y eut comme un gémissement général, alors, je ne sais quel désir de voir s'opérer un miracle, pour soustraire cette noble créature à la rigueur de l'arrêt fatal, vint agiter cette foule immense ; et, bientôt, ce désir devenu d'une vivacité extraordinaire produisit une sorte d'illusion. On semblait chercher l'ange dans la nue. Et, faut-il le dire? cette douce illusion vint s'emparer d'Inès elle-même : elle rêva encore un court instant les délices de la vie, en jetant autour d'elle un regard qui s'égara sur la foule et qui alla se perdre dans le ciel. Oh ! si don Pèdre paraissait tout à coup le front ceint de lauriers ! Mais, c'en est fait, il n'est plus possible de retarder le moment fatal.

Inès se met à genoux et implore la clémence de son Dieu. Elle se recueille dans ses dernières pensées, les partageant entre les êtres chéris qu'elle laisse sur la terre et ceux qu'elle va retrouver dans un monde meilleur. Son âme, devançant, pour ainsi dire, le moment du départ, avait déjà fui vers les demeures éternelles lorsque le bourreau, tranchant le cou d'ivoire de la douce victime, vit, immobile et étonné, cette tête charmante rouler à ses pieds.

V

V

DON PÈDRE EST VICTORIEUX DES MAURES. SON INCONSOLABLE DOULEUR EN APPRENANT LA MORT D'INÈS.

Telle fut la mort d'Inès. Toute la cour d'Alphonse fut plongée dans le deuil et la consternation. La colère du roi s'était éteinte dans le sang de l'infortunée princesse ; il ne restait plus au monarque que le remords d'avoir ainsi immolé l'épouse de son fils. Les conseillers de ce crime lui devinrent odieux et furent obligés de s'exiler de sa présence. Le messager de la vengeance céleste s'assit sur le trône et se promena silencieusement dans le palais ; il avait marqué de son doigt terrible et le maître et les lâches courtisans. Tous les regards devenus sombres et mornes semblaient s'accuser mutuellement ; on mettait à s'éviter le même soin que si chacun de ceux que l'on rencontrait devait être un complice dont on avait à craindre les délations, ou un juge dont on devait redouter la sévérité. Et c'est au milieu de cette stupeur générale que parvint, — ô rigueur des destinées humaines ! — la nouvelle d'une victoire éclatante et décisive remportée par don Pèdre sur les infidèles. Pour cette fois, les triomphes furent sans joie, et la grandeur resta dans la poussière. Le monarque n'avait point de bénédiction à envoyer à son fils : hélas ! il n'avait que des larmes, des larmes pour effacer le sang !

Don Pèdre avait déjà oublié sa gloire pour ne songer qu'à ses espérances. Il revenait, lorsqu'il apprit la terrible catastrophe. Son désespoir ne connaît point de bornes. Il court ensevelir sa douleur dans la retraite où il trouvera les enfants d'Inès. Il fait venir les restes de sa malheureuse épouse et se plaît à leur rendre de tristes honneurs ; il jure de leur demeurer fidèle. Toutes ses affections, toutes ses pensées, son existence tout entière sont concentrées dans un tombeau. Quelquefois une sorte d'égarement s'empare de lui. Il erre comme un fantôme parmi les ténèbres de la nuit. Si une ombre se dessine dans les nuages, c'est son épouse qui lui apparaît ; si un faible son arrive à son oreille, c'est la voix de sa bien-aimée. Lorsqu'un nuage vient troubler la nature, l'infortuné court aux lieux où l'orage est le plus terrible. Il rêve alors la destruction du monde : l'univers va rentrer dans le néant, car quelle garantie l'homme peut-il avoir de la durée de l'ordre qui existe, lorsqu'il voit les plus chères affections immolées, lorsque l'innocence ne trouve pas un défenseur, lorsque la vertu, embellie par tout ce qui peut la faire aimer, succombe en présence et sous les coups mêmes de ceux qui devraient la protéger?

Plusieurs années s'écoulèrent ainsi. Plongé dans une mélancolie profonde, étranger à toutes les critiques de la cour, don Pèdre s'inquiétait fort peu de tous les événements ; il n'était occupé que de ses cruels souvenirs. Et ce prince, noble et généreux, était tellement devenu la proie du sentiment de la haine, qu'il trouvait parfois une barbare volupté à imaginer des supplices, pour les juges iniques qui, servant trop bien la colère du roi, avaient condamné Inès à mort. Le plus souvent, il se plaisait à ordonner dans sa pensée les apprêts d'une fête que lui seul pouvait concevoir. Inès régnait toujours dans son cœur ; il voulait qu'elle régnât aussi sur les peuples. Il la placera avec lui sur le trône, et ses restes déplorables recevront les hommages qu'elle n'a pas reçus durant sa vie. Tous ces tristes projets d'une passion réduite au désespoir ont été réalisés. Et, lorsque don Pèdre reçut le sceptre de ses pères, on vit un spectacle qui avait quelque chose de sublime et d'insensé. Ce ne fut point sur l'image d'Inès que le roi mit une couronne, ce fut sur Inès elle-même, sur Inès telle que la mort la lui avait laissée. « Voilà mon épouse, dit-il ; peuple, voilà votre reine ! » Et il présenta aux grands du royaume la main hideuse du squelette à baiser. Ainsi, les pompes de la grandeur et de la puissance prirent la place du linceul funèbre : la beauté, l'amour, la gloire furent trouvés n'être qu'un peu de poussière. L'assemblée frémit de terreur et de pitié, car, en ce jour, on avait vu à découvert le tableau de toutes les misères humaines.

TABLE DES MATIÈRES

TABLE DES MATIÈRES

CHAPITRE IV

CHAPITRE V

ACHEVÉ D'IMPRIMER
le 24 décembre 1904
par A. STORCK & Cie
8, rue de la Méditerranée
LYON

www.ingramcontent.com/pod-product-compliance
Ingram Content Group UK Ltd.
Pitfield, Milton Keynes, MK11 3LW, UK
UKHW022045170726
13837UKWH00002B/793

9 782329 246246